UN SUPERPODER PARA MÍ

Mariana Llanos

Ilustrado por

Daria Tarawneh

Un superpoder para mi, **Mariana Llanos**

ISBN-13: 9781517548193

ISBN-10: 1517548195

Library of Congress Control Number: 2015916243
CreateSpace Independent Publishing Platform, North Charleston, SC

Ilustraciones: Daria Tarawneh
Diseño de Arte: Mariana Llanos/Julián Galván

Edición en español: Ligia López de Castilla

Edición en inglés: A superpower for me, disponible en Amazon.com

Un reconocimiento especial a Marcela Varela-Sisley por su conocimiento del gobierno de los Estados Unidos de América.

www.marianallanos.com

Para el ciudadano Aarón y su nuevo superpoder

Mis padres parecen personas comunes y corrientes pero me he enterado de algo que los hace superespeciales. El otro día estábamos tomando desayuno, cuando mi mamá dijo de pronto:

—¿Sabías que tengo un superpoder? ¿Puedes adivinar cuál es?

Al comienzo pensé que era un truco. A las mamás les encanta jugar ese tipo de juegos.

—Pues no es novedad—le respondí —. Siempre supe que tenías ojos en la parte de atrás de la cabeza.

Estaba segura que mamá me había visto cuando escondí unas galletitas en mi mochila.

—¡Para nada! Mi poder es mucho mejor que eso.

—¿Mejor? ¿Acaso puedes volar?

Mamá siempre dice que anda tan ocupada como una abeja.

—Frío, frío... pero te puedo decir que tu papá tiene el mismo poder que yo.

Bueno, eso no sería difícil de adivinar. ¡Papá puede arreglarlo todo!

—¿Tienes magia?—me aventuré a decir.

—No, loquita. Si la tuviera no me tomaría tanto tiempo lavar la ropa.

Luego, mamá se me acercó y me miró bien de cerca. Esto ya no parecía un juego. Mamá tenía esa cara seria de soldado que pone cuando me dice que guarde mis juguetes.

—Tú también lo vas a tener cuando cumplas dieciocho años—me dijo.

Y en ese momento supe que me estaba diciendo la verdad.

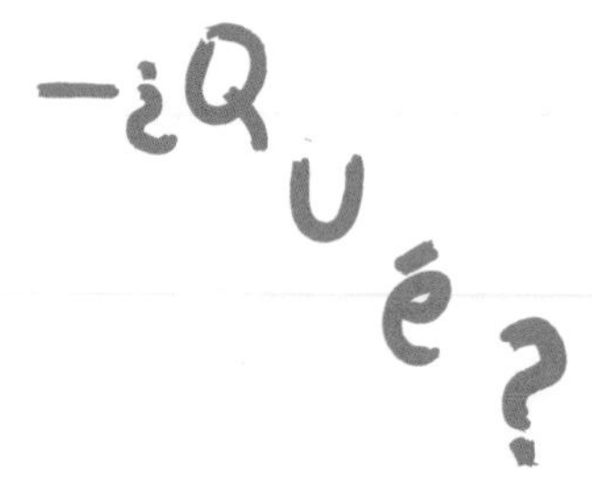

Me emocioné.

Y luego me caí de la silla.

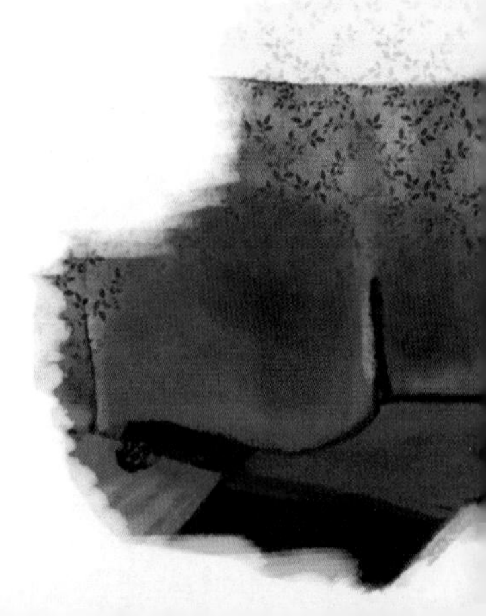

—¿Seré poderosa? ¿Como una superhéroe? ¿Podré disparar hielo de las manos?

¿O convertir plantas en monos voladores?
¿Podré correr a la velocidad de la luz?

—No exactamente, cariño.

—¡Me encantaría si pudiera saltar hasta las nubes! O si pudiera respirar bajo el agua… ¿Quizá podré adivinar el futuro?

—No, pero tu superpoder hará de nuestra ciudad
y de nuesto país mejores lugares para vivir.

—¿Tendré el poder de construir parques? ¡O de cancelar el día de escuela! Quizá pueda usar mi poder para construir un campo de juegos grandísimo en medio de la ciudad. ¿Tendré superfuerza?

—Claro que tendrás fuerza —dijo mamá—. Tu superpoder es una de las herramientas más poderosas que tienen los ciudadanos de un país.

—¿Una herramienta? Si pudiera escoger una superherramienta, escogería un pincel mágico. Con él pintaría un arcoiris en la ciudad y sonrisas en las caras tristes. ¡Espera a que se enteren mis amigos!

—Bueno, tus amigos tendrán el mismo superpoder a los dieciocho años.

—¿AH?—dije decepcionada—. Entonces, ¿qué hay de especial en ser superpoderosa?

De pronto mis sueños de convertirme en una especie de superheroína empezaron a desmoronarse.

—Mamá, ¿segura que me dices la verdad?

—¡Claro que estoy segura! ¿Te rindes?

Me encogí de hombros. Ya no se me ocurría nada más.

—¡Tendrás el poder de VOTAR! Tu voto y el de tus amigos decidirá el destino de nuestra ciudad y de nuestro país.

Tu voto te dará una voz. Hará que el gobierno te escuche. Para que veas, ayer en las elecciones de la ciudad, voté para que se construya un parque cerca a nuestra casa.

—¿Y lo construirán?

—Si suficientes personas votan SI, entonces lo construirán.

—Pero tú tienes solo un voto—observé sin entusiasmo. No me sonaba nada poderoso.

—Cariño, un voto puede hacer la diferencia. Ha pasado antes, cuando un puñado de votos ha cambiado el rumbo de elecciones presidenciales.

VOTE

—¿Quieres decir que podré votar por presidente también? ¡A mi me gustaría ser presidenta! Le ordenaría a todos que vivan en paz y si me dicen que no, les daría algodón de azúcar. ¿Quién le podría decir que no al algodón de azúcar?

—¡Yo no!—rio mamá.

COTTON
CANDY

—Bueno, me pondré a trabajar en eso, mami—dije poniendome la mochila—. Hay una elección para presidente de la clase el próximo mes y me voy a lanzar de candidata. Les daré a mis amigos el poder de votar por mi.

Me levanté para irme a la escuela, pero antes le di un beso a mamá.

—Gracias por votar para que se construya ese parque. ¡Eres mi heroína favorita!

¿SABIAS QUE...?

El poder de UN VOTO:

En 1867, un voto en el Congreso de Estados Unidos decidió la compra del territorio de Alaska... ¿Sabías que se lo compraron a Rusia? Y antes de eso, en 1845, un voto en el Congreso permitió a la República de Texas unirse al resto de los estados. En 1876, Rutherford Hayes fue elegido como el décimo-noveno presidente de Estados Unidos por un voto electoral de diferencia... ¡Un voto!

¿Sabías que nuestro sistema de gobierno es una DEMOCRACIA? En un gobierno demócrata, las personas deciden a través del voto la forma en que se conducirá su país o ciudad. También se eligen a las autoridades del pais, como presidente, alcaldes, congresistas y otros, a través de elecciones. La palabra DEMOCRACIA viene de las palabras griegas "Demos" que significa pueblo, y "Kratos" que significa poder, así que literalmente significa El Poder del Pueblo. Los antiguos griegos fueron los primeros en practicar esta forma de gobierno, hace muchísimo tiempo. **Pregunta: ¿Sabes qué país tiene la democracia moderna más antigua en el mundo?**

¿Sabías que en los Estados Unidos contamos votos electorales en lugar de votos personales (voto popular)?
¡Es verdad! Cada uno de los cincuenta estados tiene un número de Electores (Electors) quienes participan en un proceso llamado "Colegio Electoral" (Electoral College).
Los estados con más población tienen más miembros en su Colegio Electoral. Por ejemplo, California tiene cincuenta y cinco, mientras que Alaska solo tres. Cuando la gente vota en las elecciones presidenciales, en realidad están votando por un Elector que representará su voto en el Congreso. Cuando un candidato a presidente gana la mayoría de votos electorales, por lo menos doscientos setenta, significa que él o ella ha ganado la elección. En la elección del año 2000 una de las más disputadas en la historia de Estados Unidos, el candidato presidencial Al Gore recibió más votos personales, pero George W. Bush ganó más votos electorales, por lo tanto se convirtió en el Presidente Bush.
Pregunta: ¿Cuántos votos electorales tiene tu estado?

¿Sabías que originalmente solo los hombres de raza blanca estaban facultados a votar en los Estados Unidos? ¡A mi mamá no le hubiese gustado nada! Tomó varias décadas y diferente movimientos civiles para que se le otorge el derecho al voto a las personas de raza negra, nativos americanos y mujeres. Los líderes de estos grupos, junto con sus activistas, a menudo pusieron su propia libertad y vida en riesgo luchando por la igualdad. Sus demandas eventualmente llevaron a cambios en la Constitución, conocidos como Enmiendas. La 15.ª Enmienda permitió el voto a los hombres de raza negra (1870); la 19.ª Enmienda le dio el voto a la mujer (1920); la 24.ª Enmienda prohibió el pago de impuestos para votar (1964). Luego, el Acta de Ciudadanía de los Indios Americanos de 1924 otorgó el derecho de votar a los nativos americanos, pero algunos estados continuaron negando sus derechos por muchos años. El Acta del Derecho al Voto fue firmada en 1965 por el presidente Johnson para asegurar que TODOS los ciudadanos de Estados Unidos tuvieran garantizado el derecho de votar.

Pregunta: ¿Cómo te sentirías si te negaran el derecho a votar?

¿Sabías que toda persona nacida en los Estados Unidos es un ciudadano americano?
A esto se le llama "derecho de nacimiento". Si tus padres son americanos, tu también lo eres, aunque no hayas nacido en el territorio de Estados Unidos. Una persona puede volverse ciudadana de los Estados Unidos a través de un proceso llamado Naturalización. Este proceso es bastante largo, pero vale la pena y la espera.
Solo ciudadanos americanos que son mayores de dieciocho años pueden votar en una elección. Cualquier ciudadano mayor de treinta y cinco años puede postular a la presidencia, con excepción de los ciudadanos naturalizados.
Pregunta: ¿Quién fue el presidente electo más joven de Estados Unidos?

Más SUPERLIBROS de Mariana Llanos:

Tristan Lobo
Inglés: Tristán Wolf

A Planet for Tristan Wolf
Pronto en español

el Monstruo Quierelotodo

Inglés: The Wanting Monster

Mara sin Cumpleaños

Inglés: No Birthday for Mara

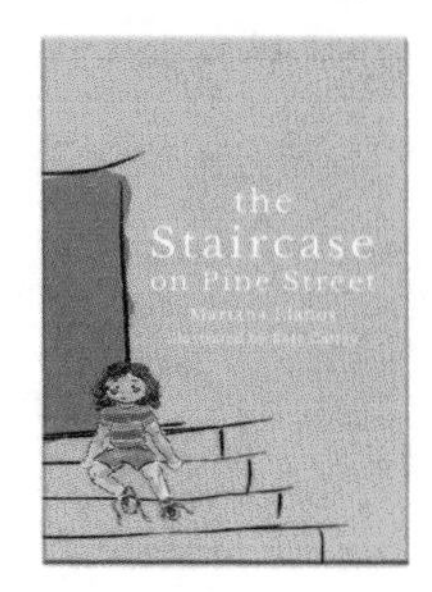

The Staircase on Pine Street
Pronto en español

www.amazon.com
www.marianallanos.com

Made in the USA
Lexington, KY
27 January 2016